Adrian S. Kostré

Zwei Personen in einem Fahrkorb

(Deutsch für Anhänger und Fortgerittene)

Bibliografische Information der Deutschen Nationalbibliothek: Die Deutsche Nationalbibliothek verzeichnet diese Publikation in der Deutschen Nationalbibliografie; detaillierte bibliografische Daten sind im Internet über dnb.dnb.de abrufbar.

Die automatisierte Analyse des Werkes, um daraus Informationen insbesondere über Muster, Trends und Korrelationen gemäß §44b UrhG („Text und Data Mining") zu gewinnen, ist untersagt.

© 2024 Adrian S. Kostré

Korrektorat: Helma Bartz
Verlag: BoD · Books on Demand GmbH, In de Tarpen 42, 22848 Norderstedt
Druck: Libri Plureos GmbH, Friedensallee 273, 22763 Hamburg

ISBN: 9783759736116

Für Olga

Berlin 2024

EINLEITUNG
Der Haustürschlüssel für die Mehrzweckhalle

DUDEN
„Der Wortschatz der deutschen Gegenwartssprache wird im Allgemeinen zwischen 300 000 und 500 000 Wörtern (Grundformen) angesetzt. Im Durchschnitt benutzt ein Muttersprachler oder eine Muttersprachlerin etwa 12 000 bis 16 000 Wörter, darunter sind rund 3500 Fremdwörter. Verstanden wird aber viel mehr: Mit mindestens 50 000 Wörtern ist der passive Wortschatz um ein Mehrfaches größer."

*

Wenn es eine Sprache gibt, deren Wortschatz man sich wirklich leicht aneignen kann, dann ist das Deutsch. Warum das manchen Fremdsprachlern nicht gelingt, ist mir schleierhaft. An den gleichermaßen scheiternden Einheimischen verzweifle ich. Die faulen Ausreden zugereister Sprachmuffel wie in etwa „Ich bin erst seit wenigen Jahren hier" oder „Deutsch ist viel schwerer als Englisch" lasse ich nicht gelten. In unserer schönen Sprache wimmelt es mittlerweile von englischen Begriffen und viel wichtiger noch: Deutsch ist eine Komposita-Sprache.

Ja, die gängigste Art der Wortbildung der Deutschen gleicht einer Komposition. Unsere Wörter werden aneinandergereiht wie die Töne einer lieblichen Melodei. Und daraus ergibt sich, ob Sie es glauben wollen oder nicht, die folgende „Regel", die als eine Art Haustürschlüssel für die Mehrzweckhalle der Sprache Deutsch dient:

Wenn sich jemand die Mühe machen würde, nur zwei deutsche Wörter zu erlernen, bekäme er für gewöhnlich ein drittes gratis dazu!

Hier ein paar Beispiele.

Lernen Sie die Wörter „Regen" und „Bogen" und sprechen dann diese zusammen aus, erhalten Sie den „Regenbogen" geschenkt. Sobald Sie das System durchschaut und verinnerlicht haben, können Sie davon auch doppelt profitieren.

Wenn Sie einzig das Wort „Handfläche" lernen, bekommen Sie die „Hand" und die „Fläche" umsonst dazu.

Denkbar, wenn auch nur bedingt sinnvoll, ist die Kombination aller der hier genannten Wörter. Es ergeben sich daraus die „Regenfläche" und der „Handbogen" oder „Handregen" und die „Bogenfläche" und sogar eine bislang noch völlig unbekannte „Handregenbogenfläche".

Ja, selbst wenn Sie glauben, zwei Begriffe vor sich zu haben, die auf keinen Fall zusammenpassen, wie zum Beispiel „Hand" und „Schuh", wird im Deutschen ein „Handschuh" daraus.

Manche Komposita sind jedoch irreführend.

Ein „Geigerzähler" gibt keine Auskunft über die Anzahl russischer Straßenmusiker in Deutschland. Notabene: Wenn jemand den Bogen raushat, muss er kein Geiger sein.

„Fahrrad" ist zwar gesund, aber keine Aufforderung.

Und mit „Bananenrepublik" ist kein bestimmtes lateinamerikanisches Land gemeint. Denn das wäre dann ein Vorurteil.

Aber was ist ein „Vorurteil"? Hier ein Erklärungsversuch, der sich auf die Zusammensetzung dieses Wortes stützt!

Das auf die Präposition „vor" folgende Substantiv „Urteil" hat nichts mit einer Uhr zu tun, obwohl diese Vermutung vom Wortklang und Definition her nachvollziehbar wäre. Es beschreibt eine verlässliche Feststellung als Ergebnis einer präzisen fachmännischen Überprüfung, das sich einem Uhrwerk gleich auf kleinteilige, komplexe Zusammenhänge stützt. Ich sehe schon, wie die Schweizer langsam, aber zustimmend ticken, Pardon, nicken. Das „vor" davor weist darauf hin, dass es sich bei einem Vorurteil um eine unausgegorene Angelegenheit handelt.

Abschließend sei gesagt, dass die deutsche Sprache in ihrer Verlässlichkeit tatsächlich einem Schweizer Uhrwerk gleicht. Aber urteilen Sie selbst.

KAPITEL I
Auf Deutsch ist Verlass!

Genau das brachte ein bekannter ausländischer Philologe seinen Studenten im Fach Germanistik bei. Auf die Nennung seines ohnehin nur schwer auszusprechenden Familiennamens verzichte ich aus Datenschutzgründen und beschränke ich mich auf den Anfangsbuchstaben „Z", auf dem Sie sich gerne noch ein kleines „v" vorstellen können - wenn Sie unbedingt wollen.

„Meine Damen und die wenigen Herren", pflegte Professor Z seine neuen Studenten zu begrüßen, „Sie haben sich für Deutsch entschieden, und ich möchte Ihnen gleich anerkennend zurufen: Eine ausgezeichnete Wahl!

Bestimmt haben Sie schon davon gehört, wie melodiös die italienische Sprache sein soll, und das will auch ich nicht infrage stellen. Aber bitte, meine Damen, stellen Sie sich kurz vor, ein gut aussehender Italiener, dem gegenüber Sie keineswegs abgeneigt sind, würde Sie umwerben, und spätestens, wenn er

Ihnen in Ihr Ohr seine Liebeserklärung flüstert, *Ti amo*, öffnet sich bei dem Klang dieser Worte, die sich wie ein Meeresrauschen den Weg in Ihre Ohrmuschel bahnen, vor Ihrem geistigen Auge eine warme mediterrane Landschaft mit einer leichten Brise und einem vorzugsweise blutroten Sonnenuntergang - jedoch Sie fragen sich zu Recht: Kann das wahr sein?

Aber auch wenn ein galanter Franzose, der angeblich die Sprache der Liebe beherrscht, mit berechtigtem Optimismus Ihr Herz zu erobern sucht und, von Ihrem Blick ermutigt, zum letzten Angriff ansetzt, indem er in Ihr Ohr flüstert, *Je t'aime*, so hören Sie schon die seidenen Laken knistern und sehen vor Ihrem geistigen Auge die großartige, mit dunkelroten Rosen geschmückte Liegestatt - jedoch Sie fragen sich zu Recht: Kann das wahr sein?

Und wenn Ihnen dagegen ein deutscher Mann, der Sie schon so oft ohne große Worte ausgeführt hat, dass Sie an seinen Beweggründen zu zweifeln beginnen, endlich sein Herz öffnet und ohne Umschweife sagt, *Ich liebe dich*, dann hören Sie sonst nichts, und Sie sehen sonst nichts, aber Sie wissen: Es stimmt!"

KAPITEL II
Was dem Linken recht ist, ist dem Rechten link

Das Erlernen einer Komposita-Sprache hat gewiss auch Tücken. Hat man einmal begriffen, wie die deutsche Wortbildung funktioniert, wird man keine Schwierigkeiten haben, ein neues Kompositum oder zu Deutsch „Doppelwort" zusammenzusetzen. Dieses heißt seltsamerweise auch dann so, wenn es sich aus drei oder mehr Wörtern zusammenfügt. Die Unkenntnis der eventuellen Doppeldeutigkeit der einzelnen Wörter lässt jedoch der Interpretationswut eines Anfängers auf deutschem Sprachboden freien Lauf.

Natürlich bedeutet Parkuhr nicht, dass in einem Park eine Uhr steht, obwohl das die nächstliegende Interpretation wäre.

Nicht jeder Landwirt, der ein Auto fährt, ist ein Autobauer.

Ebenso wenig steht Autobahn für einen Zugverkehr, bei welchem vornehmlich oder ausschließlich

Pkws transportiert werden. Dabei ist „Personenkraftwagen" keine Aufforderung an eine nicht näher definierte Gruppe von Menschen, den Einsatz ihrer geballten Kraft zu versuchen.

Und auf keinen Fall ist das Hohelied eins, das nur mit hohen Tönen gesungen werden muss.

Und das Augenlid wird gar nicht gesungen, da das „e" fehlt. Egal, wie schön die Augen sind.

Und nicht zuletzt: Ein Mitglied war vor seinem Beitritt kein Mitglied und nicht Ohneglied!

Den gewöhnlichen Sexualakt kennt man im deutschsprachigen Raum auch als Geschlechtsakt und warum darin ein „schlecht" steckt, erscheint genauso unerklärlich, wie was an einem „öffentlichen Verkehr" verkehrt sein soll?
Bei einem „stockenden Verkehr" wundert die Empörung allerdings weniger.

Ein „Dorn im Auge" verursacht nur selten physische Schmerzen.

Perfekte Harmonie wird dagegen mit dem Ausspruch beschrieben, „das passt wie die Faust aufs Auge".

Das Sehorgan hat augenscheinlich eine herausragende Stellung in der deutschen Sprache, die es zu besonderen Leistungen befähigt.

Das Auge isst mit, kann beleidigt werden, Schuppen verlieren oder Tomaten tragen (eventuell sogar treulose), man kann eins vom Huhn auf den Füßen haben, wenn keins trocken bleibt, ist das seltsamerweise spaßig, und wenn man genauer reinschaut, kann man dort Wünsche ablesen oder man kann jemand anderem schöne Augen machen. Selbst Braunäugige können mit einem blauen Auge davonkommen, und sollte man nichts mehr damit anzufangen wissen, kann man es jederzeit auf jemanden werfen.

Auch andere Körperteile scheinen ein Eigenleben zu führen und das Leben der Deutschen entscheidend zu beeinflussen.

Ein geselliges Beisammensein ist von Anfang an zum Scheitern verurteilt, wenn man jemanden oder etwas trotz gesunder Nase nicht riechen kann. Da kann nur helfen, sich an die eigene Nase zu fassen.

Ein Tipp zum Riechorgan. Wenn Ihnen die Nase läuft, laufen Sie am besten mit oder zumindest ihr hinterher. Weiß Gott, wo sie sonst stecken bleibt.

Eine Kommunikation gestaltet sich auch schwierig, wenn der Gesprächspartner etwas auf den Ohren hat, dann muss man ihm schon das eigene Ohr schenken.

Dafür verläuft das Gespräch umso erfreulicher, wenn das Gegenüber nicht auf den Mund gefallen ist. Wenn einem dagegen nicht gefällt, was da rauskommt, kann man dem anderen ein Blatt davorsetzen oder, so unvorstellbar das auch klingen mag, den Mund sogar verbieten.

Dass jemand an seinen Lippen hängt, klingt für den Fremden zunächst sehr schmerzvoll. Wenn er dann noch erklärt bekommt, dass die Person auf ihn fliegt, muss ihm doch angst und bange werden.

Die Liste der doppeldeutigen Wörter und Redewendungen im Deutschen, die einen Fremden verwirren, ihn zu falschen Rückschlüssen verleiten und viele durchaus berechtigte Fragen aufwerfen können, findet scheinbar kein Ende im Gelände.

Wie es jemand hierzulande schafft, von der Hand in den Mund zu leben, ist wirklich schwer zu erklären.

Oder warum ist es manchmal besser, etwas unter, anstatt mit der Hand zu erledigen?

Wie kann man nur schneller sein, wenn man die Beine in die Hand nimmt?

Warum ist link falsch und recht gut? Und dann alles in Butter?

Warum muss im Ernstfall immer der Ernst fallen und nicht Gernot oder Horst? Reiner Zufall oder was bringt Reiner zu Fall?

Warum haben Menschen mit einem Dachschaden auch noch ein Brett vor dem Kopf?

Und warum wollen sie, wenn sie schon ein Haus haben, unbedingt auf einen grünen Zweig kommen?

Ein sehr seltsamer Brauch der Deutschen ist es, auch gute Getränke, vorzugsweise Alkoholika, hinter die Binde zu kippen.

Und woher wollen die eigentlich wissen, ob und wann in China ein Sack Reis umgefallen ist?

Aufgrund solcher und ähnlicher Behauptungen kann ein Fremdsprachler zu waghalsigsten Schlussfolgerungen kommen, die ihm legitim und logisch erscheinen.

Zum Beispiel!

Wenn jemand einen Vogel hat, sollte er besser keine Katzen halten.

Ein Autoverkehr ist weder stil- noch sinnvoll. Ein Stoßverkehr ebenso wenig.

Wenn man bei einem Seitensprung erwischt werden kann, so ist das entweder keine sportliche Disziplin oder es ist Doping im Spiel.

Wenn es im Standesamt heißt "Hiermit erkläre ich Sie zu Mann und Frau. Sie dürfen die Braut nun küssen", kann es sich nur um eine Vermählung von Partner*innen gleichen oder (noch) nicht näher definierten Geschlechts handeln. Sonst wüssten die Anwesenden schon, wer Braut und wer Bräutigam ist.

Jemand, der Schwein hat, die Sau rauslässt und dann eine andere durchs Dorf treibt, muss ein Schweinehirte sein.

Wer dagegen die Nachtigall trapsen hört, kann nur an Schlaflosigkeit leiden, hat aber dafür das perfekte Gehör.

Deutsche Bäuche haben Gefühle! Ja, auch die Bierbäuche.

Und wenn Sie jetzt nur Bahnhof verstehen, dann gute Reise!

KAPITEL III
Sie können mich mal ...
(Nur ab 18!)

Was hier fehlt im Kapiteltitel (welch ein schönes Wort), erscheint einem deutschen Muttersprachler dermaßen selbstverständlich, dass er oder sie sich nicht einmal die Mühe machen muss, den Satz zu Ende zu sprechen.

Wenn der oder die Deutsche sich ärgert, setzt im ureigentümlichen Sprachgebrauch prompt die unausweichliche **anale** Fixierung ein. An diesem Zustand ist natürlich irgendein **Arsch** schuld. Denn **Arschlöcher** sind einfach überall.

Es hat uns also irgend so ein **Arschgesicht verarscht**, dabei offensichtlich **arschkalt** erwischt, und jetzt haben wir die **Arschkarte**. Nun sind wir endgültig am **Arsch** und dabei kann schon mal manchem der **Arsch** auf Grundeis gehen! Es sei denn, das alles geht uns am **Arsch** vorbei.

Subtiler ausgedrückt, ohne explizite Erwähnung des **Arsches**: Man hat uns zwar in die Scheiße geritten und nun stecken wir tief drin, aber scheiß drauf, beschissen ist das Leben auch, ohne dass uns jemand verscheißert.

„In die Scheiße geritten?" Echt jetzt? „Was soll das sein und wie soll das gehen?", fragt sich ein jeder Zugereister. Bis heute sind auch mir dieser bildliche Ausdruck und seine Entstehung ein Rätsel geblieben. Malen könnte ich es nicht. Wollen noch weniger. Da ziehen sich mir die Pobacken zusammen.

Es stellt sich nun zu Recht die Frage: Wo kommt diese **banale hinternhältige Ficksierung** her, bei der ein Fremder nur Bahnhof versteht? Himmel, **Arsch** und Zwirn – ich weiß es nicht! Und zum Bahnhof kommen wir noch später.

Ich habe lange nach der Antwort gesucht, recherchiert und in unzähligen **Annalen** gestöbert. Das empfiehlt sich nun mal, wenn man mehr zu einem bestimmten Thema erfahren möchte und dazu tief und **analytisch** in die Materie eindringen will. Doch so sehr ich mir den **Arsch** aufgerissen habe, denn selbst in der Recherche stecken viele **Ärsche**, ich konnte in keinem Archiv Erleuchtendes dazu finden.

Mittlerweile frage ich mich auch, ob man diese zwei Fremdwörter aus dem Französischen und Griechischen nicht einfach eindeutschen sollte in **„Rescharschieren"** und **„Arschiv"**.

Die Deutschen und Deutschinnen scheint das „Problem" nicht zu beschäftigen. Es handelt sich hierbei um das bekannte Phänomen einer Besonderheit, die zu einer Selbstverständlichkeit wird. Das geschieht, wenn sich eine Einzigartigkeit innerhalb einer Gruppe so weit ausbreitet und festsetzt, dass sie als solche gar nicht mehr auffällt und am Ende keine mehr ist. Dennoch wird sie zu einem besonderen Merkmal dieser Gruppe, das sie von anderen unterscheidet.

So in etwa, wie sich allein ein Ausländer darüber wundern kann, dass der Deutsche freiwillig seinen Müll trennt oder in öffentlichen Räumlichkeiten einen Diskretionsabstand nicht nur kennt, sondern auch einhält.

Eins steht nach sorgfältiger **Analyse** unserer Sprache unverändert fest: Der **Arsch** und sein

Produkt spielen im deutschen Wortschatz eine faszinierend bedeutsame Rolle - oft offen und unumwunden wie in den Flüchen oder fein verhüllt und gut versteckt in der Orthografie.

Bringt man zum Beispiel mehrere **Ärsche** zusammen und lässt sie gemeinsam laufen, ergibt das einen **Marsch** und der **Oberarsch** unter ihnen wird nachvollziehbar **Marschall** genannt. Und der langsamste unter Ihnen ist dann analog ein **Arschkriecher**.

Selbst unser **Sparschwein** hat nur das Loch an der falschen Stelle. **Haarscharf** erkannt: Es müsste Schlitz heißen.

Es gab sogar eine Zeit und es gibt immer noch Leute, die das Deutschsein von einer **arischen** Abstammung abhängig machen. Die zieht es heute noch nach **Warschau**, und sie wissen nicht warum. Dazu fehlt ihnen das feine musikalische Gehör. Sie träumen nicht nur davon, sich **Polen** zurückzuholen, sondern am liebsten auch ganz Italien oder zumindest die **Po-Ebene**.

Solche **Arschpfeifen** und **Arschgeigen** sind allerdings wieder auf dem **Vormarsch**. Den einen oder anderen kennt man möglicherweise auch aus der **Nachbarschaft**. Man wird sie einfach nicht los, und selbst wenn das gelänge, kämen sie bestimmt in irgendeinem Tümpel wieder auf die Welt – vorzugsweise am **Arsch** derselben und als **Barsch**!

Falls Sie es nicht wussten: In der Vorstellung der Deutschen hat selbst die Welt einen Arsch und manche wohnen dort.

Danke, danke! Sie müssen mir jetzt keinen Zucker in den **Hintern** blasen. Ich hoffe nur, Ihre Kritik fällt nicht aus zu **harsch**, sonst war das alles einfach für den ...

*

PS
Sie mögen es als spitzfindig bezeichnen, aber es ist ein Fakt.

Der siebente, am 13. März 1781 von dem Deutschen Wilhelm Herschel entdeckte Planet unseres Sonnensystems ist der einzige nach einem **griechischen** Gott benannte und heißt **Uranus**.

KAPITEL IV
Mensch Meier

„Hier bin ich Mensch, hier darf ich's sein", sagt Faust in der gleichnamigen Tragödie des genialen deutschen Dichters Johann Wolfgang von Goethe. Wer sich auskennt, weiß, dass er es faustdick hinter den Ohren hatte (ich meine natürlich den berühmten Gelehrten Dr. Heinrich Faust) und wie wagemutig der Spruch ist, denn es müsste mit dem Teufel zugehen, wenn das gelingen sollte (mit Menschsein), was es dann schließlich auch tut - ich meine auf Teufel komm raus.

Und ohne den Teufel jetzt weiter an die Wand malen zu wollen, hege ich dagegen keine Zweifel an der Richtigkeit der folgenden Aussage: Im deutschen Sprachraum ist es wahrlich nicht einfach, einfach nur Mensch zu sein.

Der gemeine Deutsche (der aber auch ganz ein Lieber sein kann) kennt zum Beispiel und unterscheidet: Menschen von Unmenschen, Urmenschen

von Waldmenschen, Bauchmenschen von Kopfmenschen und Gutmenschen von Übermenschen.
Die Letzteren erwiesen sich auch als Menschenschinder und dennoch waren und sind sie alle Menschenskinder oder wie man heutzutage politisch korrekt sagt: Mitmenschen.

Es menschelt in Deutschland gewaltig – und das lässt sich nur schwer übersetzen. Eine gemeine Falle für die Simultandolmetscher. Genauso wie der Ausruf: Manometer! Aber zurück zum Thema.

Nicht jeder Mensch ist ein Mensch, nicht jeder kennt Faust, aber alle hierzulande kennen sie den Meier. Genauer den Mensch(en) Meier. Vor allem der Rio Reiser[1] und auf keinen Fall die Zugereisten!
Diese fragen sich und andere, wer das wohl sein könnte, dessen Name ihnen so oft zugerufen wird. Zum Beispiel: „Mensch Meier, verstehst du kein Deutsch?"
Und manche versuchen sogar klarzustellen: „Ich heiße Popović, nix Meier."

---

[1] Rio Reiser war Sänger und Haupttexter der Westberliner Band „Ton Steine Scherben" und „Mensch Meier" deren bekannter Song.

Spätestens wenn man ihnen erklärt, dass es die Herren Man, Niemand und Anders, die an fast jeder Misere im Lande schuld sein sollen, in Wirklichkeit ebenso wenig gibt wie den ominösen Herrn Meier, stehen sie unter Kulturschock.

„Aber man hat uns gesagt: Es war **anders**. **Man** hätte es wissen müssen. Schuld daran ist **niemand**."

Wie man es auch dreht oder wendet, es bleibt dabei: Der wohl bekannteste Familienname in Deutschland ist nicht etwa Müller oder gar Schmidt, sondern eben Meier.
Ein jeder, der hier lebt, hat mindestens einmal in seinem Leben diesen Namen gerufen, kennt einen Schlaumeier oder wurde schon mal gelackmeiert.

Eine traurige Berühmtheit erhielt der Name in einem Ausspruch Hermann Görings, der einst sagte, er wolle Meier heißen, wenn ein Feindflugzeug nach Berlin käme.

Er lebe hoch: der Hermanns Meier!

Warum ausgerechnet er, der Meier, und nicht etwa der Schulze oder Müller in einem Atemzug mit „Mensch" erwähnt wird, hat bisher noch niemand plausibel erklären können. Fest steht allein, dass sich bei diesem Ausruf ein jeder Deutsche und sogar eine jede Deutschin angesprochen fühlt. Ich wage sogar zu behaupten, dass alle Deutschen mit dem Rufnamen Meier heißen!

Wenn Sie diesbezüglich Zweifel hegen sollten, machen Sie mal eine Probe aufs Exempel und sprechen Sie irgendeinen Unbekannten mit „Mensch Meier" an. Wenn er oder sie nicht reagiert, spendiere ich Ihnen ein Bier!

Der zweitberühmteste Name in Deutschland dürfte Otto sein. Ihr kennt ihn alle: den Otto Normalverbraucher[2]. Aber das ist eine andere Geschichte - für Fortgeschrittene.

---

[2] Der fiktive „Otto Normalverbraucher" genannte Durchschnittsbürger wurde durch den Spielfilm „Berliner Ballade" von 1948 mit Schauspieler Gert Fröbe in der Hauptrolle landesweit bekannt.

KAPITEL V
Herr und Frau Schmidt

Oder doch Frau und Herr Schmidt?

Ich kenne keine Nation in Europa, die sich aktuell stärker für die Gleichberechtigung von Frauen einsetzt als die deutsche. Ich kenne aber auch keine andere Sprache, in der es wie in der deutschen für die Frau bis heute kein aufwertendes Nomen gibt. Und niemand scheint es zu merken oder stört sich daran.

Um die Gleichberechtigung von Mann und Frau voranzutreiben, lässt man in Deutschland sprachlich nichts unversucht.
Aus Frau Professor ist längst die Frau Professorin geworden und aus Frau Doktor die Frau Doktorin.
Die Chefin hat jetzt auch Mitarbeiterinnen und nicht nur Mitarbeiter, wobei die zuerst Genannten weiterhin weniger Lohn für die gleiche Arbeit erhalten.
Die Bürgerin muss also immer noch um ihre Rechte kämpfen, manchmal auch als Soldatin.

Die Feuerwehrfrau und die Polizistin leben zwar ebenso gefährlich, aber sinnvoll. Die Politessen weniger.

Immer öfter begegne ich Bus- und Straßenbahnfahrerinnen.

Straßenbauerinnen dagegen sind mir weiterhin ein Begriff wie der Weihnachtsmann und der Osterhase. Obwohl sie mir bisher noch nicht begegnet sind, glaube ich an alle drei und heiße auch eine Weihnachtsfrau und eine Osterhäsin willkommen!

Mittlerweile hatten wir auch eine Kanzlerin und mehrere Präsidentinnen.

Notabene: Auf den Seiten des Deutschen Bundestages im Internet findet man einen Eintrag über Annemarie Renger als „die erste **weibliche Präsidentin** des Bundestages" und „die erste **weibliche Vorsteherin** eines frei gewählten Parlaments weltweit".

Auf die Antwort auf meine Nachfrage, wer wohl die erste **männliche Präsidentin** des Bundestages war, warte ich bis heute.

Sollten Sie bis jetzt von Frau Renger noch nichts gehört haben, so kennen Sie auf jeden Fall den

Herrn und seine Frau Schmidt. Nicht unbedingt Helmut und genauso wenig Loki.

Was soll das?

Nun: Wenn die beiden, also Herr und Frau Schmidt, nach Italien reisen, werden sie dort als Signore und Signora Schmidt willkommen geheißen.

Für die Franzosen sind sie Monsieur und Madame Schmidt.

Im englischsprachigen Raum begegnet man ihnen als Mister und Mistress Schmidt.

Die Russen machen aus ihnen den Gospodin (господин) und die Gosposha (госпожа) Schmidt ...

Sobald aber die Schmidts wieder den deutschsprachigen Boden berühren, wird er erneut ein Herr und sie nur die Frau (von) Schmidt.

Und was ist daran falsch?

Nachdem der von engagierten Frauenrechtlerinnen als abwertend empfundene Begriff „Fräulein" aus dem täglichen Sprachgebrauch entschieden verbannt wurde, verläuft der soziale Aufstieg eines weiblichen Kindes im Deutschen nur noch vom Mädchen zur Frau.

Eine sprachliche Aufwertung des weiblichen Geschlechts, analog jener, bei der aus einem Jungen ein Mann und aus diesem wiederum ein Herr wird, ist originär weder vorhanden noch vorgesehen.

Manche Sprachforscher oder jene, die sich forsch für solche halten, erklären dazu: Frau käme von mittelhochdeutsch „vrouwe" beziehungsweise althochdeutsch „frouwe" und wäre bereits eine Aufwertung gegenüber der früheren Bezeichnung „Weib".

Wirklich?

In der lutherschen Bibel-Übersetzung von 1545 (Letzte Hand) heißt es genau: „VND Gott schuff den Menschen jm zum Bilde / zum Bilde Gottes schuff er jn / Vnd schuff sie ein Menlin vnd Frewlin."

Hatte der große Reformator Martin Luther tatsächlich vor, das erste Weib der Weltgeschichte aufzuwerten, indem er es als Frau bezeichnete? Und wollte er dadurch gleichzeitig den Mann erniedrigen, indem er ihn einfach nur „Menlin" sein ließ?

Zuzutrauen wäre Luther alles - und dennoch habe ich so meine Zweifel.

Das soll aber jetzt nicht zu einem hochtrabenden quasi wissenschaftlichen etymologischen Diskurs ausarten. Wenn es hart auf hart kommt, entscheidet man letztendlich wider besseres Wissen mit dem Herzen – auch mit einem Deutschen.

Wie sehr uns eine deutsche Entsprechung für eine im sozialen Kontext aufwertende Bezeichnung des weiblichen Geschlechts fehlt, springt beim genaueren Nachschauen schon bei allen den Anlässen ins Auge, bei welchen die Anwesenden mit „Meine Damen und Herren" begrüßt werden.

Wenn „Frau" zumindest sprachlich dem oder den „Herren" wirklich gleichgestellt wäre, würde man dann nicht einfach sagen: „Meine Frauen und Herren"?

Alternativ ausgleichend könnte man die Anwesenden auch mit „Meine Frauen und Männer" ansprechen. Aber das hat noch niemand gewagt.
Da würden sich die Herren sofort auf den Schlips getreten fühlen.

Und noch eins drauf!
Wenn sich Herr oder Frau Schmidt in der Öffentlichkeit auf die Suche nach einem stillen Örtchen begeben, so finden sie das Passende in der Regel hinter einer mit „H" oder „D" gekennzeichneten Tür. Auch Türen mit den Buchstaben „M" und „F" daran sind mir schon begegnet. „H" und „F" noch nie.

An den Haaren herbeigezogen? Aus einer Mücke einen Elefanten machen? Mit Hinweis auf Korinthen!

Mir geht es hier nicht nur um ein Wort und erst recht nicht um ein falsches. Es geht mir um eins, das mir fehlt und das ich nur in der deutschen Sprache schmerzlich vermisse. Dabei kann jedes auch noch so kleine Wort, eine enorme Macht ausüben.

Schuldig. Lüge. Nazi. Kanake …

Oder:

Mutter, Heimat, Liebe und verzeih …

Unsere Sprache beeinflusst unser Denken und unser Denken unser Verhalten.

Der Mann wird so lange das dominierende Wesen der deutschen Sprache bleiben, wie man eben „man" sagt. Frau als Pronomen kennt man eben nicht. Und es würde keinem Mann in den Sinn kommen, „man" durch „fra(u)" zu ersetzen. Einer Frau auch nicht. Obwohl es schon mal Versuche gab, aus einem Mantel einen Frautel zu machen.

Göttinnen kannten wir zwar, noch bevor wir Gott kannten, aber der Mensch wird wohl immer ein Mensch bleiben. Eine Menschin hat im Deutschen keine Chance.

Und dennoch gibt es auch hier eine ausgleichende Gerechtigkeit: Plural ist im Deutschen immer weiblich!

KAPITEL VI
Von Meckern, Mosern und Motzen

Ein Wesenszug der Deutschen scheint mir eine angeborene und tiefverwurzelte Unzufriedenheit zu sein. Das meine ich keineswegs abwertend. Der Deutsche meckert gerne und hat an fast allem etwas auszusetzen. Er ist unzufrieden mit der Welt, wahrscheinlich auch mit dem Universum und vor allem aber mit sich selbst.

Das stellte mit seinem Lebenswerk Johann Christoph Friedrich von Schiller unter Beweis. Zu vielen seiner bekanntesten Werke ließ er sich von anderen Nationen inspirieren und „widmete" den Spaniern sein dramatisches Gedicht „Don Karlos", den Tschechen die „Wallenstein"-Trilogie, den Schotten das Trauerspiel „Maria Stuart", den Franzosen das Drama „Die Jungfrau von Orléans", den Italienern „Die Braut von Messina", den Schweizern das Schauspiel „Wilhelm Tell" und schließlich den Russen sein Dramenfragment über den Zaren „Demetrius".

Allein sein Erstlingswerk befasst sich ausschließlich mit den Deutschen und trägt den Titel „Die Räuber".

Ja, die Deutschen zeigen sich mit rein gar nichts auf Anhieb zufrieden, nehmen nichts ungeprüft hin und belassen es dabei. Vielmehr geben sie sich und den anderen keine Ruhe, bis sie die Sache oder Angelegenheit, um die es geht, neu erdacht oder perfektioniert haben. Nicht immer gelingt es. Gott sei Dank.

Dieser fast sprichwörtlichen deutschen Unzufriedenheit haben wir neben einem Weltkrieg und der Spaltung von Uran ebenso die Erfindung des modernen Buchdrucks zu verdanken als auch die älteste heute noch gültige Lebensmittelvorschrift der Welt, das Bayerische Bierreinheitsgebot. Relativ jung dagegen ist die Erfindung des allgemein bekannten Fischer-Dübels und des überall bewunderten Eierköpfers, patentiert unter der schlichten Fachbezeichnung Eierschalensollbruchstellenverursacher.

Wie sehr und gerne die Deutschen ihre Unzufriedenheit kundtun, zeigt sich auch in der Vielfalt der Begriffe, mit welchen sie diese umschreiben. Sie mäkeln, maulen, meckern, mosern, motzen, murren, nölen und nörgeln und wenn es hart auf hart kommt, bringen sie eine Beschwerde vor.

Oder eine Bekanntgabe: „Die, die die, die die Rathauswände beschmiert haben, anzeigen, erhalten 100 Euro Belohnung."

Selbst im täglichen Umgang miteinander wird als eine mehr oder minder subtile Form der tief empfundenen Unzufriedenheit gerne der Vorwurf gepflegt. Zum Beispiel: „So wie Sie arbeiten, würde ich gerne Urlaub machen."

Schon der 1. Reichskanzler Otto von Bismarck behauptete einst: „Der Deutsche hat an und für sich eine starke Neigung zur Unzufriedenheit. Ich weiß nicht, wer von uns einen zufriedenen Landsmann kennt."

Und noch lange vor ihm schrieb Johann Wolfgang von Goethe auf: „Alles in der Welt läßt sich ertragen, nur nicht eine Reihe von schönen Tagen."

Der berühmte Deutsche Wernher Magnus Maximilian Freiherr von Braun, den man eigentlich als Physiker kennt, behauptete sogar: „Es ist mein Job, nie zufrieden zu sein."

Wie auch immer: Diesen unzufriedenen Deutschen hat die Welt viel und Vielfältiges zu verdanken. Auch auf Deutsches kann man stolz sein. Natürlich nur, wenn man kein Deutscher ist.

Das vermeintliche Gütesiegel „Made in Germany" zum Beispiel wurde Mitte des 19. Jahrhunderts in Großbritannien eingeführt. Es sollte die Briten davon abhalten, deutsche Waren zu kaufen. Doch es kam anders. Die Produkte aus Deutschland waren einfach zu gut und ihr Einzug auf dem britischen Markt ließ sich ebenso wenig verhindern wie die Ausbreitung des Englischen im deutschen Wortschatz. Dazu später noch mehr und ausführlicher.

Das Thema abschließen möchte ich mit einem Zitat des deutschen Bauingenieurs, Dichters und Aphoristikers Erhard Horst Bellermann: „Man kann nicht immer meckern, man muß auch mal schlafen."

Oder besser noch mit einem weiteren deutschen Sprichwort: „Früher ging's uns gut; heute geht's uns besser. Wenn's uns nur wieder gut ginge!"

KAPITEL VII
Deutsch ist multikulturell

Die Ausbreitung der fremdsprachigen Begriffe, allen voran der englischen, lässt sich auch im deutschen Wortschatz ebenso wenig verhindern, wie diese den Zeitgenossen selbstverständlich erscheint. Dabei geht es oft nicht einmal um Importware, sondern um hausgemachte Sprachkreationen: „Made in Germany 2.0."

Die meisten der deutschen Pseudoanglizismen würden allerdings in der Anglosphäre nichts außer Unverständnis oder Verwunderung hervorrufen.

Das **Handy** zum Beispiel kennt man im Englischen nur als Adjektiv für „handlich", und wenn Sie in Texas eins zu kaufen versuchen, wird man Ihnen wahrscheinlich eine Leichtwaffe bis zu einem Kaliber von 100 mm empfehlen.
Das passt dann auch perfekt zu dem letzten **Public Viewing**, von dem Sie so begeistert berichten und nur Misstrauen ernten. Die Amis verstehen darunter eine „öffentliche Leichenschau".

Dazu ebenso passend: Ein **Bodybag** ist keine Tasche, sondern ein Leichensack und bei einem **Shooting** wird wirklich scharf geschossen – nicht ausschließlich auf Models.

Bitte auch Folgendes beachten!

Beamer ist im Amerikanischen kein Video-Projektor, sondern eine Bezeichnung für verschiedene Modelle von BMW, ein **Oldtimer** im Englischen kein Auto, sondern ein älterer Mensch und als **Home-Office** wird in Großbritannien ausschließlich das Innenministerium bezeichnet.

Ein **Evergreen** ist immer eine immergrüne Pflanze.

Smoking (das Rauchen) soll in Großbritannien komplett verboten werden – auch in Abendgarderobe, also einem „Black Tie", „Dinner Jacket" oder „Tuxedo".

Wenn jemand einen ganz schönen **Spleen** hat, kann er sich darüber freuen, dass seine Milz noch so gut aussieht.

Bei **Mobbing**, **Partnerlook** und **Talk-** oder **Showmaster** versteht der Englischsprachige nur Bahnhof.

Und erzählen Sie bitte niemandem in den Staaten, dass Sie eine **Streetworkerin** sind.

Wie man sieht, sind die zur Perfektion neigenden multikulturellen Deutschen stets bemüht, nicht nur den eigenen, sondern historisch bedingt auch den englischen Wortschatz mehr oder minder sinnvoll zu bereichern. Und das ist keine Einbahnstraße.

Eins zu eins übernommen werden Ihnen unterwegs viele **Follower** folgen und wenn Sie kein **Dummy** sind und sich **clever** anstellen, könnten sie als **Influencer** ein einflussreicher **Promi** werden.
Aber nur **gechillt**! Alles andere ist ein **No-Go** und **Abturner**. Und ein **too much** immer eine **Red Flag**.

Lange noch vor Facebook und TikTok kannten und adoptierten wir viele Begriffe aus dem Englischen, die wir gar nicht mehr als fremd wahrnehmen.

Wenn Sie in Ihrem **Job** viel **Stress** ausgesetzt sind, hilft ein **Time-out**. Sie **canceln** alle Ihre

Termine und gehen **shoppen**. Unter **Top Ten** ist auch ein **Work-out** in einem **Gym**. **Fitness** und **Training** können Wunder bewirken. Oder Sie **relaxen** abends einfach in einer **Bar** an einer angesagten **Location**, nippen dort **cool** an einem **Cocktail** und **flirten** eventuell? Vorsicht nur vor dem **Hangover** am nächsten Tag.

Weniger **risky** aber auch weniger **sexy** ist, in einer **App** nach einem **Match** zu **searchen** und es dann **online** zu **daten**. **Betouchen** ist dann allerdings nicht.

„Das Leben ist nicht immer **fair** und der **Countdown** läuft", warnte in einem **Interview** ein **Star** aus **Jungle Camp**. Der Name der **Celebrity** wird hier nicht verraten. Sie hat zu viele **Hater** und das wäre nicht **safe**. Aber es ist eine echte **VIP**, die man aus vielen **Talkshows** kennt.

Wenn Sie mir einen **Reminder** schreiben, werde ich das noch mal für Sie **checken** und bei Gelegenheit das **Paper** dazu **updaten**.

Alles, was Sie hier lesen, ist ein **Non-Fiction**, erschienen als **Paperback**, **Hardcover** und **E-Book**.

Für die Englischsprachigen ist Deutschland längst ein zweites „**Home sweet Home**" geworden und Deutsch das zweite „**Fatherland**". Nach der bereits beschriebenen Methode „aus 2 mach 3" (Regen + Bogen = Regenbogen) lassen sich die wenigen fehlenden deutschen Wörter für eine einfache Kommunikation leicht dazu aneignen. Am besten per **Computer** oder auf einem **Laptop** oder **Tablet**, **WLAN** oder **Bluetooth** vorausgesetzt.

Die Sprachpuristen flippen aus!

„Diese vermeintlichen oder echten Fremdwörter – egal. Sie haben in der Sprache von Schiller und Goethe nichts zu suchen!" Als ob ...

Achtung: **Spoiler**! Als ob das Ganze erst mit dem Englischen losging.

*

Bereits seit Jahrhunderten bereichert das Arabische unseren Wortschatz!

Das Morgenland lässt grüßen, schon bei der ersten **Tasse Kaffee**, den wir morgens zu uns nehmen. Mit oder ohne **Zucker**.

Selbst wenn die Sonne im **Zenit** steht, sind wir sprachlich im Orient. Auch wenn wir es uns nachmittags auf einem **Sofa** bequem machen, in einem **Magazin** blättern oder uns genüsslich abends auf unserer neuen **Matratze** ausstrecken, liegen wir zwar richtig, aber sprachlich nicht mehr auf dem sicheren deutschen Boden.

Von diesem rücken wir mit jedem Schluck **Alkohol** und jedem Zug **Haschisch** noch weiter ab. Geraten wir in eine **Razzia**, können wir dafür vor dem **Kadi** landen. Man wird dann nach irgendeiner **Ziffer** eines Paragrafen verurteilt. Gibt es eine Geldstrafe, so wird sie gemäß einem **Tarif** verhängt. Für Wiederholungstäter gibt es keinen **Rabatt** und gegen Dummheit kein **Elixier**.

Die Marine verlässt sich auf den **Admiral**. Der Befehlshaber – makaber - lieber auf die Waffen von verschiedenem **Kaliber** in seinem **Arsenal**.

Ein Neger mit **Gazelle** zagt im Regen nie. Ein Lotse und Matrose bei keiner **Havarie**.

Der Weise wünscht sich die Weitsicht einer **Giraffe**.

Der Trinker schenkt sich noch einen Wein ein aus einer **Karaffe**.

In unseren Schulen wird auch **Algebra** gelehrt.

Ist der **Lack** schon länger ab, schlägt man die einstigen Mitschüler womöglich in einem **Almanach** nach.

Zuschriften unter **Chiffre** minimieren das **Risiko**, erkannt zu werden.

Nicht nur Strom, sondern auch Daten jeglicher Art werden immer noch per **Kabel** übertragen.

Für eine Reise braucht man einen **Koffer**.

Die meisten Autos fahren immer noch mit **Benzin**.

Zur Entspannung hilft eine **Massage**.

Zur Entfernung der Schminke die **Watte**.

Die **Kuppel** des Reichstags versorgt das Plenum mit Licht.

Bei **Matt** wird jeder Schachspieler matt im Gesicht.

Und ich könnte wetten, es weiß kein Nazi und kein Faschist, dass **Rasse** ein arabisches Lehnwort ist!

*

Übrigens …

Unter den Musikwissenschaftlern ist schon lange bekannt, dass sich Joseph Haydn 1796 zu seiner „Kaiserhymne", heute bekannt als das „Deutschlandlied", von dem alten kroatischen Volkslied „Die traurige Verlobte" inspirieren ließ. Inzwischen ist belegt, dass die Melodie bereits am 1. April 1616 vom türkischen Hofkomponisten Ismet Mustafa Üzgürlü in Noten festgehalten wurde.

Selbst die am 26. August 1841 dazu gedichteten Verse von August Heinrich Hoffmann von Fallersleben stützen sich eindeutig auf die Textvorlage des türkischen Universalkünstlers Üzgürlü.

Die aktuelle Bundeshymne der Republik Österreich wird mit dem 1946 verfassten Text des Gedichtes „Land der Berge, Land am Strome" von Paula von Preradović, der Enkelin des kroatischen Nationaldichters und k.u.k Offiziers Petar Preradović, gesungen.

Man darf beide Hymnen auch ohne Krawatte singen.

*

PS
Die bereits in der Einleitung erwähnte Banane ist das erste bekannte „Fingerfood" der Geschichte. Arabische Händler brachten die Frucht aus Indien nach Afrika und Europa und nannten sie „banan", was übersetzt „Finger" bedeutet.

KAPITEL VIII
Von deutschem Humor und Charakter

Ein dramaturgisches Lehrstück in Sachen Klischee.

Ein Polizist kommt viel früher als erwartet nach Hause. Den Nachmittag hat er sich freigenommen und unterwegs Blumen besorgt. Er will sich bei seiner Frau für den Streit vom letzten Abend entschuldigen, als er ihr wieder einmal Untreue vorwarf.

Beim Betreten der Wohnung hört er vom Ende des Flurs kommend eindeutig einzuordnende Geräusche. Er greift zu seiner Pistole, schleicht sich heran und öffnet lautlos die Schlafzimmertür.

Alles, was man ihm erzählt hat, ist wahr. Er hat sie in flagranti erwischt: seine Ehefrau mit seinem besten Freund.

Sie sind so sehr miteinander beschäftigt, dass sie ihn noch gar nicht bemerkt haben.

Was tut er?

Hier die Antwort eines Dramaturgie-Professors.

Wenn der gehörnte Ehemann ein italienischer Carabiniere ist, tötet er die Frau. Sie hat ihn nicht nur allein Gott weiß wie oft betrogen, sondern auch seinen besten Freund verführt. Außerdem wird ein solcher Mord aus Leidenschaft in Italien als Affekthandlung („il delitto passionale") behandelt und nicht hoch bestraft.[3]

Ist der Ehemann ein französischer Gendarm, so tötet er den Mann. Spätestens seit Louis de Funès wissen wir alle, wie aufbrausend die Franzosen sein können. Der falsche Freund ist ein elender Schurke und eine Französin fast immer ein Heiligtum wie Marianne, Jeanne d'Arc oder Madame de Pompadour.

Der deutsche Polizeibeamte erschießt sie beide: seine treulose Frau und seinen falschen Freund. Wenn man etwas tut, dann macht man es gründlich. Einer weiteren Begründung bedarf das nicht.

---

[3] Siehe den Film „Scheidung auf Italienisch" von Pietro Germi aus dem Jahr 1961.

Nur, was macht der so betrogene und verratene Ehemann, wenn er ein Russe ist?

Er schließt die Schlafzimmertür ganz leise wieder zu, geht nach draußen vor die Tür und erschießt sich selbst.

Das kennt man in der Dramaturgie als das russische Pathos.

Selbstverständlich sind das alles schlimme Klischees. Da sie aber weltweit verbreitet sind, tragen nationale Stereotype zu der Glaubwürdigkeit einer dramaturgischen Handlung bei.

Zum Beispiel:

Die Briten sind bekanntlich reserviert und geizen mit Gefühlsausdrücken, die Schotten mit allem.

Die Italiener sind alle Machos und wohnen bei der Mama.

Die Schweizer sind langsam, aber pünktlich.

Die US-Amerikaner wissen genau, dass sie besser sind als der Rest der Welt. Sie haben nur keine Ahnung, wo der Rest ist.

Und schließlich sind die Deutschen ordentlich und diszipliniert, zuverlässig und fleißig und ... haben keinen Humor.

„Ein deutscher Witz ist nichts zum Lachen", soll einst Mark Twain gesagt haben.

Aber mal ehrlich: Das Lachen hängt vom Erzähler ab!

Der Witz ist die ursprünglichste Art der Literatur. Wie alte Sagen, Epen und Märchen wird er zunächst mündlich tradiert und der Autor ist in der Regel unbekannt. Das trägt dazu bei, den Witz als Allgemeingut zu betrachten, das keiner bestimmten Ethnie oder Gruppierung zugeschrieben werden kann oder muss. Es sei denn, wir haben es mit einem Sprachwitz zu tun, der uns das Lachen durch besonderen Sprachgebrauch entlockt. Witze dieser Art sind nur selten in eine andere Sprache übertragbar, verbleiben somit innerhalb des Herkunftskreises und wenn doch von einem Fremdsprachler verstanden, verraten sie diesem einiges über die Wesensmerkmale oder Charakterzüge ihrer Autoren.

Das, was den deutschen Wortwitz auszeichnet, stimmt mit dem Klischee überein, das die Wahrnehmung der Deutschen prägt. Auch er kommt ordentlich und diszipliniert rüber. Genauer: der deutsche Witz verzichtet auf alles Überflüssige, kommt ohne Umschweife auf den Punkt und ist dabei präzise und überlegt. Kurz und knapp gesagt, dieser Witz ist geistreich und trotz seiner Kürze oder gerade deswegen will er erst verstanden werden, bevor man lacht. Er ist nicht für einen reinen Konsumenten gedacht und fordert den Denker heraus. Insofern muss man den angeblichen Ausspruch von Mark Twain eines „s" berauben und um ein „nur" ergänzen: „Ein deutscher Witz ist nicht(s) **nur** zum Lachen." Dann stimmt es!

Hier ein paar Beispiele dieser kurzen Witze, die eindeutig deutscher Herkunft sind, da sie in eine andere Sprache übersetzt weder witzig wären noch verstanden würden.

„Treffen sich zwei Jäger - beide tot."

„Wenn der Tod kommt, ist Sense!"

„Geht einer um die Ecke, ist er weg.

„Was passiert, wenn man sich zweimal halbtot gelacht hat?"

„Die Dunkelheit ist echt, das Licht aber scheint nur so."

„Lieber arm dran als Bein ab."

„Lieber voll heimgehen als leer ausgehen."

„Kommt ein Cowboy vom Friseur: Pony weg!"

„Aus Spaß wurde Ernst. Ernst ist jetzt 3 Jahre alt."

„Fliegt 'n Kuckuck übers Meer, da sieht er einen Hai. Sagt der Kuckuck: ‚Hai!' Sagt der Hai: ‚Kuckuck!'"

„Was macht ein schwuler Adler, wenn er einsam ist? Er fliegt zu seinem Horst."

„Warum bestellt eine einsame Katze einen Whisky? Sie will auch mal mit einem Kater aufwachen."

„Sie kennen doch den Müller, Herr Kollege. Wissen Sie, warum sein Sohn Hamlet heißt? - Sein oder nicht sein, das ist hier die Frage."

Und nicht zuletzt:

„Witz, komm raus! Du bist umzingelt."

Auch die folgenden Witze sind, obwohl übersetzbar, allem Anschein nach deutscher Herkunft, da sie dem Muster entsprechen.

„Warum summen Bienen? Weil sie den Text vergessen haben!"

„Ich kann mich nicht erinnern, dass ich mal was vergessen hätte."

„Früher war ich unentschlossen, heute bin ich mir da nicht mehr so sicher."

Und als eindeutiger Beweis der Fähigkeit zur Selbstkritik oder einem Lacher auf eigene Kosten:

„Was ist der Unterschied zwischen einem deutschen Touristen und einem deutschen Terroristen? Der deutsche Terrorist hat Freunde im Ausland."

Auch die folgende als Witz verkleidete Frage kann nur von einem deutschen Denker stammen:

„Warum glauben einem die Leute sofort, wenn man ihnen sagt, dass es am Himmel 400 Milliarden Sterne gibt, aber wenn man ihnen sagt, dass die Bank da frisch gestrichen ist, dann müssen sie draufpatschen?"

*

Ein Gegenbeispiel, das die Knappheit und Prägnanz als die wichtigsten Merkmale des deutschen Humors hervorhebt, ist diese kleine Zugabe.

Eine moderne russische Tragödie, festgehalten in einem einzigen Satz:

„In jenen selten Augenblicken, in welchen er allein zu Hause blieb, holte Viktor Semjonowitsch aus dem Wandregal im Wohnzimmer seines Einfamilienhauses die Videokassette mit der Aufzeichnung seines Hochzeitstages hervor, steckte diese in den Videorekorder, spulte sie bis Ende vor und spielte sie dann rückwärts ab und eine dicke männliche Träne kullerte jedes Mal seine zitternde Wange hinunter, wenn er sich dabei erblickte, wie er an der Haustürschwelle seine damals noch so schlanke und liebevolle junge Braut absetzte und im Rückwärtsgang fröhlich lächelnd und in die Kamera winkend aus der Einstellung verschwand als freier Mann."

KAPITEL IX
GmbH
(German: my big Horror)

Aus „Entwicklungstendenzen der Kurzwörter in der deutschen Gegenwartssprache" von L. Khomkova und E. Sotnikova:

„Der Gebrauch von Kurzwörtern in allen Schichten der spezifischen, gesellschaftlich-politischen Lexik und in der Pressesprache wird zum Charakterzug des Deutschen. Seit mehr als 60 Jahren erleben Kurzwörter in der deutschen Sprache einen richtigen ‚Boom' und ersetzen vielfach ihre Vollformen. Die entstehenden Kürzel existieren unabhängig, nachdem sie völlig lexikalisiert sind."

*

An deutschen Abkürzungen scheitern gelegentlich auch Deutsche, die Fremden fast immer.

Ein Münchener Geschäftsreisender erkundigte sich einst am Berliner Bahnhof Zoo, wie er zum SFB kommt. Allen jüngeren (als 80) Lesern sei gesagt, dass das eine Abkürzung für „Sender Freies Berlin" war, den öffentlich-rechtlichen Rundfunksender in Westberlin.

Für weitere Erklärungen bitte bei Wikipedia nachschlagen. Die Verletzungsgefahr dabei halte ich für äußerst gering.

Dem soeben angereisten Wessi wurde erklärt, dass er am besten in der Kantstraße einen Bus in Richtung Stutti nehmen soll und sobald er dann am ICC vorbeigefahren ist, er gleich nach ZOB aussteigen soll. Der ahnungslose Bayer fragte dreimal nach (bei Stutti, ICC und ZOB)[4], worauf ihm der leicht genervte Berliner letztendlich entgegnete: „Aber SFB kennste?"

Lange bevor es SMS und WhatsApp gab, liebten es die Deutschen, ihre Wörter abzukürzen. Allein wenn man sich die langen Komposita unserer

---

[4] Stuttgarter Platz, Internationales Congress Centrum, Zentraler Omnibusbahnhof

Sprache anschaut, kann man das sehr gut nachvollziehen. Und selbst die Abkürzung kann gekürzt werden und heißt dann nur noch Kürzel.

Mittlerweile gibt es Wortkürzel, die sich so eingebürgert haben, dass einem das Aussprechen des ungekürzten Wortes unnatürlich erscheinen würde.

Eine Verabredung mit jemandem in einer **Untergrundbahn** käme einem heute wie ein politisches Bekenntnis oder eine Verschwörung vor.

Und wer würde freiwillig von einer **Gesellschaft mit beschränkter Haftung** sprechen, wenn er stattdessen einfach „GmbH" sagen kann.

Geh mir Bier holen ist eine alternative Deutung für alle, die auf die Rechtschreibung pfeifen.

Auch viele deutsche Markennamen sind nur Abkürzungen von Bezeichnungen, die in ihrer vollständigen Form nie bekannt wurden.

„Haribo" zum Beispiel steht für „**Ha**ns **Ri**egel, **Bo**nn".

„Tesa" (Klebeband) setzt sich zusammen aus den letzten Buchstaben des Vornamens und den ersten des Nachnamens von El**sa Te**smer, einer Sekretärin, die für die Firma Beiersdorf arbeitete und den Markennamen kreierte.

„o.b." steht für „**o**hne **B**inde". Die 1947 entwickelten Tampons aus Wuppertal wurden angeblich zunächst heimlich verkauft. Inzwischen gehört das Unternehmen „Johnson & Johnson".

Hinter „Hanuta" steckt die „**Ha**sel**nu**ss**ta**fel" der italienische Firma Ferrero.

„KiK" steht für das Credo des Textildiscounters aus Bönen: „**K**unde **i**st **K**önig".

Und „Edeka" hätte es kaum geschafft, unter dem ursprünglichen Namen auf den Markt zu kommen: „**E**inkaufsgenossenschaft **d**er **K**olonialwarenhändler im Halleschen Torbezirk zu Berlin".

Zu den Kürzeln, die einem Fremden nichts sagen und einem deutschen Muttersprachler fast täglich das Lesen verkürzen und somit das Leben erleichtern, zählen

z. B. (zum Beispiel):

allg. (allgemein),

bzw. (beziehungsweise),

ca. (circa / ungefähr),

d. h. (das heißt),

etc. (et cetera),

ggf. (gegebenenfalls),

i. d. R. (in der Regel),

o. Ä. (oder Ähnliches),

usw. (und so weiter).

Es gibt, oder genauer, es gab deutsche Kürzel, die auch den meisten Muttersprachlern heute nichts mehr sagen, weil sie zwar noch bekannt sind, aber kaum Anwendung finden.

Zum Beispiel „Vokuhila", einst gängige Friseursprache für „vorne kurz, hinten lang" oder „VEB" für den „Volkseigenen Betrieb" in der DDR. „Gestapo" halten heute viele für einen Eigennamen, dabei ist es die Abkürzung für „Geheime Staatspolizei" genauso wie „Stasi" für den „Staatssicherheitsdienst".

Gehalten aus alten Zeiten hat sich noch das Kürzel „FDH" für „Friss die Hälfte"-Diät.

In den höheren Etagen kennt man die „DirSi" als Abkürzung für die „Direktorensitzung", im Sozial- und Rechtswesen neuerdings den „UmF", als den „Umgeleiteten minderjährigen Flüchtling".

Jene Einheimischen, die mit „Vokuhila" noch etwas anzufangen wissen, kommen sich wiederum wie Fremde im eigenen Land vor, wenn es um die gängigen Kürzel der heutigen Chat-Generation geht. Eigentlich verzweifeln sie schon an dem Sprachgebrauch, der diese hervorgebracht hat.

Ob Sie die folgenden Kürzel kennen, hängt mit größter Wahrscheinlichkeit davon ab, ob und wie oft Sie als SM-Praktizierender, will heißen in den Sozialen Medien, unterwegs sind:

gn8 (Gute Nacht),

ka (keine Ahnung),

kb (kein Bock),

kp (kein Plan),

OMG (Oh mein Gott),

XO (Kuss / Umarmung)

oder Plural

XOXO (Küsschen / Umarmungen).

Viele dieser Chat-Kürzel sind jedoch universal verständlich, allerdings nur für jene, die Englisch als Lingua franca beherrschen. Hier ein paar der gängigsten:

ASAP (as soon as possible / so schnell wie möglich),

BRB (be right back / bin gleich wieder da),

BTW (by the way / nebenbei oder übrigens),

CU (see you / man sieht sich),

FYI (for your information / zu deiner Information),

LOL (laughing out loud / lauthals lachen),

THX (thanks / danke).

Inzwischen leidet halb Deutschland unter „Aküfi" (Abkürzungsfimmel) und die zugereisten Fremden, die nur Hochdeutsch zu sprechen und zu verstehen gelernt haben, erleiden einen Kulturschock. LOL!

Im ungünstigsten Fall kann ein deutsches Kürzel einen Fremden teuer zu stehen kommen. Wie teuer, zeigt die folgende Geschichte.

Wir schreiben das Jahr 1970. Bei der Untersuchung seines Gepäcks an der jugoslawischen Staatsgrenze wurde bei einem jungen Kroaten ein Foto gefunden, auf dem er abends irgendwo in Berlin gut gelaunt vor einem U-Bahn-Eingang steht.

Man sah ihn stolz in die Kamera schauen. Mit einem golden glänzenden „U" über seinem Kopf.

Die serbischen Grenzposten kamen zwar aus tiefster Provinz, erkannten aber sofort das verhasste Symbol der faschistischen kroatischen Ustascha. Der ahnungslose Jüngling wurde auf der Stelle unsanft festgenommen und abgeführt. Erst Monate später und nach zahlreichen Interventionen wurde das Missverständnis aufgeklärt und er kam aus dem Gefängnis frei. Im bald darauf unabhängig gewordenen kroatischen Staat genoss er noch lange ein gewisses Ansehen als einstiger politischer Gefangener.

Dabei wollte er in Berlin, wie er einem Journalisten gegenüber unmittelbar nach seiner Entlassung gestand, „nur einmal U-Bahn fahren".

*

Gewisse Abkürzungen sind auch Deutschen in ihrem Heimatland verboten. Ich meine die Kennzeichenkürzel. Diese kann man für sein Auto nach Wunsch bestellen. Jedoch eben nicht in jeder Kombination.

Die Vergabe richtet sich nach FZV (Fahrzeug-Zulassungsverordnung). Dort wird unter anderem festgehalten:

„Die Zeichenkombination der Erkennungsnummer sowie die Kombination aus Unterscheidungszeichen und Erkennungsnummer dürfen nicht gegen die guten Sitten verstoßen."

Auf der schwarzen Liste stehen:

HJ,

KZ,

SA,

SS,

HH 88,

AH 18.

Wenn Sie nicht auf den ersten Blick erkennen, warum diese Zeichenkombinationen auf der schwarzen Liste stehen, dann spricht das nur für Sie. Es handelt sich nämlich um Nazi-Codes, die sich mit ein wenig Nachdenken und elementaren Kenntnissen der neueren deutschen Geschichte leicht entlarven lassen. Die Zahl 1 steht dabei für den ersten und die 8 für den achten Buchstaben unseres Alphabets. Warum das Kennzeichen HH für die Hansestadt Hamburg dennoch erlaubt ist, frage ich mich auch.

Sollten Sie aus dem Kreis Bad Segeberg kommen: Mein Glückwunsch. SE-XY ist erlaubt!

*

BTW frage ich mich auch, warum seit dem 2. WK der Name Adolf in DE kaum vergeben wird. Der assoziativen Wirkung bin ich mir bewusst, mich ärgert aber, dass uns der Unaussprechliche aus NS-Zeit dadurch sogar posthum etwas weggenommen hat.

Warum es dagegen weiterhin OK ist, seine Söhne Joseph (Goebbels), Hermann (Göring), Heinrich (Himmler) oder Rudolf (Heß) zu nennen? Ka!

KAPITEL X
Aphohrismen

Ja, in den Titel hat sich ein „h" wie in „hören" eingeschlichen. Aber genau da ist der Wurm drin. Ein Ohrwurm nämlich, denn es geht nun um die Ohren.

Tatsächlich gibt es einige deutsche Aphorismen über Ohren.

Georg Christoph Lichtenberg, der als Begründer des deutschsprachigen Aphorismus gilt und von Hause aus Physiker, Naturforscher und Mathematiker war, schrieb Ende des 18. JH:

„Was für eine Wohltat wäre es nicht, die Ohren so leicht verschließen und öffnen zu können, als die Augen!"

Rund einhundert Jahre später notierte in Österreich der Dramatiker Arthur Schnitzler:

„Mit dem Ohr der Menschheit ist es so beschaffen, daß es den Schall zu verschlafen und erst durch das Echo zu erwachen pflegt."

Und ein weiteres Jahrhundert danach mahnte Autor Reinhard Wiechoczek (Alias Raymond Walden) aus Jena:

„Ohrengeräusche sollte man nicht auf die leichte Schulter nehmen, sondern im Auge behalten."

Genauso wie das Auge hat auch das Ohr eine herausragende Stellung im täglichen Sprachgebrauch der Deutschen.

Man kann viel um die Ohren oder es faustdick dahinter haben.

Je genauer man das in eine andere Sprache zu übersetzen versucht, umso missverständlicher wird es.

Einem Fremdsprachler schwer zu erklären ist auch, warum es gut ist, sich aufs Ohr zu hauen, aber schlecht, übers Ohr gehauen zu werden.

Und die Frage „Haben Sie was an den Ohren" wird von den Deutsch-Anfängern bestenfalls mit vorsichtigem Abtasten ihrer Lauscher quittiert.

Es dürfte ihnen ebenso schwerfallen zu glauben, dass die Deutschen Feigen kennen, die auf Ohren wachsen. So eine Ohrfeige stellen sie sich dann unheimlich schmerzhaft vor und zumindest damit behalten sie recht.

Die Behauptung, dass eine Ohrfeige eine Information aus erster Hand sei, hatte ich einstmals auch nicht auf Anhieb verstanden. Nach dem Hieb schon. Ich wusste danach sogar, wie Ohren klingen.

Nebenbei bemerkt, ein Blumenkohlohr ist weitaus schlimmer als die Ohrfeige!

Aber auch jemandem ein Ohr abzukauen, löst bei einem Sprachanfänger schreckliche Bilder aus.

Die Ohren gewaschen zu kriegen, klingt zwar viel freundlicher, jedoch unpassend intim.

Neutral dagegen, aber gleichermaßen unverständlich, kommen die Erklärungen herüber, dass jemand bis über beide Ohren in der Arbeit steckt oder bis über dieselben verschuldet oder gar verliebt ist. Von diesen drei Sprüchen kann ich bestenfalls für das erste ein Bild anbieten, das eines Dirigenten im Orchestergraben. Als Bonus taucht auch in der Arbeitsplatzbeschreibung zumindest hörbar ein Ohr auf.

Den Spruch „Das kannst du dir hinter die Ohren schreiben" wird ein jeder Fremde mit deutschen Grundkenntnissen verstehen können. Mit ziemlicher Sicherheit wird sich jedoch er oder sie danach erkundigen, womit und warum?

Was es bringt, jemandem einen Floh ins Ohr zu setzen, bedarf auch einer längeren Erklärung.

Und ebenso schrecklich klingt es für ein fremdes Ohr, dass einem ein Ohrwurm nicht mehr aus dem Kopf geht oder dass jemand ein Schlitzohr ist.

Man wünscht sich als Fremder in Deutschland nichts weniger als ganz Ohr zu sein.

Diese Angst halte ich für nachvollziehbar in einem Land, in dem nicht nur Wände, sondern sogar Sessel Ohren haben.

KAPITEL XI
Russen sind alle Kroaten

Der Untertitel klingt bewusst gewagt und provokant zugleich – vorausgesetzt, Sie haben überhaupt ein Interesse an Russen oder Kroaten. Wenn man nur bedenkt, wie wenig Kroaten und wie viele Russen es auf der Welt gibt. Das aktuelle Verhältnis beläuft sich aufgerundet auf 5 zu 140 Millionen oder 1 zu 28 – natürlich für die Russen.

Was will ich damit bezwecken?

Lassen Sie mich eine weitere steile These aufstellen, die bei Ihnen eventuell mehr Interesse weckt. Wir schreiben das Jahr 2018. Die Fußball-WM ist in vollem Gange und die Überschrift auf der Titelseite der Sportzeitung lautet:

„Frankreich kann Deutschland nicht besiegen."

Was haben der Untertitel dieses Kapitels und diese Aussage gemeinsam?

Ob Sie es glauben oder nicht, beide Aussagen bringen eine erstaunliche Ungenauigkeit der deutschen Sprache zutage. Sie erinnert mich an die folgende Prophezeiung, die man der berühmten griechischen Wahrsagerin Pythia zuschreibt:

Ibis redibis nunquam peribis in bello.

Frei übersetzt:
Du wirst gehen und zurückkehren niemals im Krieg umkommen.

Dabei handelt es sich um eine syntaktische Mehrdeutigkeit, die durch die Platzierung eines entsprechenden Satzzeichens so oder anders aufgelöst wird:

Ibis redibis, nunquam peribis in bello.

Also:
Du wirst gehen und zurückkehren, niemals im Krieg umkommen.

Oder:
Ibis redibis nunquam, peribis in bello.

Also:
Du wirst gehen und zurückkehren niemals, im Krieg umkommen.

Und nun überlegen Sie mal, was genau besagt der folgende Satz?

„Russen sind alle Kroaten."

Sind alle Russen Kroaten? Oder sind alle Kroaten Russen?

Nur eins steht fest: Russen sind alle Kroaten. Und gegen diese Mehrdeutigkeit im Deutschen ist kein Kraut gewachsen. Und kein Satzzeichen drin.

Ich frage mich, wie weit es wohl Pythia gebracht hätte, hätte sie ihre Prophezeiungen statt auf Latein auf Deutsch verfasst.

Wenn ich zum Beispiel sage "Deutschland kann nicht Frankreich besiegen", ist das eine klare, wenn auch unerfreuliche Vorhersage.

Wenn ich den Satz umstelle und behaupte "Frankreich kann nicht Deutschland besiegen", ist auch diese Behauptung unmissverständlich und so Gott will richtig.

Will ich aber auf den Sieg einer der Mannschaften wetten und sicherstellen, dass ich nicht verlieren kann, muss ich nur die gleichen Wörter neu mischen, die dann den bereits erwähnten Satz bilden: „Frankreich kann Deutschland nicht besiegen."

Her mit den Einsätzen!

Und weiter geht es!

Wenn ich zum Beispiel sage „Das Bild von Margarita gefällt mir am besten", könnte ich sowohl ein Porträt von Margarita meinen als auch ein Bild, das sie gemalt hat.

Dass Margarita nach jemandem mit einem Handy sucht, könnte wiederum bedeuten, dass sie die Person googelt oder aber auch, dass sie eine Person sucht, die ein Handy bei sich hat.

Und wenn sie das Handy ihrer Freundin verkauft, können wir uns weder sicher sein, um wessen Handy es geht, noch, wer es am Ende kauft.

Die fehlende Bestimmung von Subjekt und Objekt macht das alles (un)möglich.

Auch einzelne Laute können im Deutschen mehrdeutig sein.

Für ein ausländisches Ohr wird die Deutung des folgenden einfachen Satzes besonders schwierig:

„Margarita ist schlecht."

Worin ist sie schlecht? Geht es ihr nicht gut? Oder hat sie einfach keinen Appetit? Dass zum Letzteren ein weiteres „s" fehlt, kann man zwar leicht erkennen, aber nicht so leicht heraushören. Trinken würde ich diese Margarita auf keinen Fall.

Übrigens, die Margeriten kann man Anfang Mai säen und sehen schon im August.

Das Gras sollte man mähen, aber Schafe tun es auch.

Und dass Bären Beeren lieben, ist allgemein bekannt.

Im umgangssprachlichen Deutsch zeigt sich die richtige Deutung des semantischen Inhalts als besonders schwierig. Die Aussage „Ich habe das Ding kaputt bekommen" kann sowohl bedeuten, dass ich es kaputt erhalten als auch selbst verschrottet habe.

Und wer kann schon mit Sicherheit sagen, ob das ein Grund zur Freude ist, wenn ein Staatsanwalt nicht klagen kann.

In diesem Absatz geht es um den Absatz von Absätzen, den man von der Steuer nicht mehr absetzen kann, weil sich der schuldige Schuster ins Ausland abgesetzt hat. Diese Strafverfolgung können wir nun absetzen.

Manches wird aber bloß deswegen falsch verstanden, weil es falsch gehört wurde.

Die folgende Meldung im Rundfunk löste heftige Diskussionen unter den frisch Zugewanderten aus und sorgte so lange für große Besorgnis, bis sie endlich geschrieben vorlag:

„Bei der Finanzierung der Familienzusammenführung für Ausländer verweigert der Bund den Ländern die Unterstützung. **Aus Ländern** droht man mit Konsequenzen."

Auch folgende Unterhaltung kam mir zu Ohren:
„Wem glauben Sie eher: Trump oder Biden? Ich traue **beiden** nicht."

Ja, gutes Deutsch ist wirklich schwer zu erlernen, selbst für die Deutschen. Und wenn man es dann beherrscht, beherrscht es einen auch.

KAPITEL XII
Zwei Personen in einem Fahrkorb

Als ich 1981 zum Sender Freies Berlin kam, wurde ich pflichtgemäß in das Fahren mit einem Paternoster eingewiesen. Der übersetzt „Vaterunser" genannte Fahrstuhl hat keine Türen, bewegt sich endlos im Kreis und man kann in jedem Stockwerk buchstäblich rein- und rausspringen. Sogar eine „Weiterfahrt durch Boden oder Keller ist ungefährlich", stand auf einer Messingtafel geschrieben.

Dennoch war die Nutzung der Personenumlaufzüge nur nach persönlicher Einweisung gestattet. Schon beim ersten begleiteten Betreten des Paternosters stach mir sein oberstes in Messing schwarz eingeritztes Gebot ins Auge: „Zwei Personen in einem Fahrkorb". Da wusste ich es schon: Sollte ich jemals so etwas wie ein Buch schreiben, wird das sein Titel!

Ich freute mich, zurück zu sein. Zurück in meinem Heimatland, das ich ganz genau zu kennen glaubte. Ich wurde zwar in Essen geboren und habe in Deutschland gerade mal die ersten vier Jahre meines Lebens verbracht, aber ich liebte und lebte die Idee von Deutschland. Natürlich kam das nicht gut an: in Jugoslawien.

Ich wuchs in Zagreb auf, studierte Filmregie und empfand mich bald als beides, Kroate und Deutscher. Daraus ergab sich für mich jedoch kein Vorteil, da man im Staat Titos beiden Identitäten kriegsbedingt mit Skepsis begegnete.

Im Alter von 23 Jahren zwang mich dann ein Einberufungsbefehl des für mich zuständigen Kreiswehrersatzamts in Frankfurt am Main Westberliner zu werden.

Irgendetwas zu erlernen, das mit einem Krieg zu tun hat, war mir zuwider, der Zivildienst zu lang, also suchte ich mir einen Job beim Rundfunk und lernte stattdessen, wie man Paternoster fährt.

Man begegnete mir fast überall mit Sympathie, ich jedoch kam nicht aus dem Staunen darüber heraus, wie sehr mein Bild von Deutschland und das Land selbst auseinanderklafften.

Zumindest in Westberlin war nichts zu spüren von Ordnung und Disziplin.

Meine kroatische Sozialisierung sorgte für so manche Verwirrung.

Und mein Sprachgebrauch litt fürchterlich auch.

Ich fühlte mich willkommen, aber fremd. Dazu trug bei auch mein Akzent.

So begann ich zum ersten Mal in meinem jungen Leben darauf zu achten und mein geliebtes Deutsch mit den Augen eines Fremden zu betrachten.

Auf einmal stellten sich mir die absurdesten Fragen.

Wieso muss man so oft bei Behördengängen mit einem Anliegen anstehen?

Warum muss ein Tee ziehen und der Kaffee muss sich setzen? Selbst in einem Stehcafé. Und woran oder wohin muss ein Tee ziehen?

Wie kann man den Boden unter den Füßen verlieren? Selbst auf allen vieren.

Und wie soll das gelingen, Bücher zu verschlingen?

Nordsee, Südsee, Ostsee ... Wo bleibt die Westsee?

Wenn es einen Vorteil gibt und einen Nachteil, warum folgt einem Vorurteil niemals ein Nachurteil?

Schützt vor der Haft eine Haftpflichtversicherung?

Auf meinen Akzent wurde ich mehr als oft angesprochen, um dann gefragt zu werden: „Was für ein Landsmann sind Sie?" Ich antwortete, ich sei ein Deutscher. Die weitere Unterhaltung verlief dann ungefähr so:

„Ja, aber wo sind sie denn geboren (worden)?" Das „worden" kam nur selten dazu.

„In Essen."

„Aber Deutsch ist nicht ihre Muttersprache."

„Doch. Meine Mutter ist eine Deutsche."

„Aber ihr Vater nicht."

„Auch er war ein Deutscher."

„Und, wieso haben Sie dann so einen Akzent?"

„Ich bin bei meinen Großeltern in Kroatien aufgewachsen."

„Ach so! Sie sind also ein Kroate. Und wollen Sie irgendwann in Ihre Heimat zurück?"

Ich wollte nicht. Ich hatte mich verliebt in Berlin: in Berlin!

Ich kann Ihnen auch sagen, wann genau das geschah.

Kurz nach meiner Ankunft in Westberlin, an dem Tag, an dem ich vom Polizeipräsidenten in Berlin meinen behelfsmäßigen Personalausweis erhielt, fuhr ich mit meinem Auto unter den Yorckbrücken in Richtung Kreuzberg hindurch. Die Yorckbrücken sind ein von Eisenbahnbrücken überspannter Abschnitt der Yorckstraße im Berliner Ortsteil Schöneberg an der Grenze zu Kreuzberg. Auf der ersten Brücke stand weiß getüncht in großen mit der Hand gekrakelten Lettern: „Ausländer raus!"

Auf der Zweiten: „Nazis raus!"

Auf der Dritten: „Alle raus!"

Es war also eine Liebe auf den dritten Blick!

Gerechterweise muss ich zugeben, dass ich für mein Deutsch auch immer wieder Komplimente erhalten habe.

„Dafür, dass Sie woanders aufgewachsen sind, sprechen Sie wirklich sehr gut Deutsch!"

Irgendwann habe ich nur noch geantwortet:

„Bloß kein Neid. Das schaffen Sie auch. Man muss es nur lernen wollen."

*

PS
Woanders hat man eben Glück oder nichts zu lachen. In Deutschland aber kann man sein Glück machen!

ZUGABE
Nomen est omen

Einmal hier angekommen, wird ein jeder Fremde schnell feststellen, dass es in Deutschland nichts gibt, was es nicht gibt. Und auch, wie sehr der an Goethes Verse angelehnte Spruch stimmt:

„Warum in die Ferne schweifen, wenn das Gute liegt so nah?"

Es liegt uns hierzulande die ganze Welt zu Füßen, zumindest nominell.

Afrika liegt in der brandenburgischen Uckermark und ist ein Ort der Gemeinde Flieth-Stegelitz.

Ägypten gibt es gleich dreimal. Als je eine Bauernschaft im niedersächsischen Neuenkirchen und bei Hopsten im Münsterland und als eine Straße in Bergkamen.

Amerika gibt es auch mehrfach. Zum Beispiel als Ortsteil der Gemeinde Garrel in Niedersachsen oder in Sachsen bei Arnsdorf.

Bethlehem findet man auch im Ostallgäu als Ortsteil von Lengenwang.

Brasilien ist der Name eines 2 km langen Strandes in der Gemeinde Schönberg bei Kiel.

England heißt ein Ort der Gemeinde Nordstrand in Schleswig-Holstein.

Grönland findet man auch in Schleswig-Holstein als Ortschaft der Gemeinde Sommerland.

Jerusalem heißt ein Stadtteil der thüringischen Kreisstadt Meiningen.

Kalifornien kann man in der Gemeinde Schönberg in Schleswig-Holstein besuchen.

Kamerun findet man in gleich 7 Bundesländern. Schließlich war das echte von 1884 bis 1919 eine deutsche Kolonie.

Kanada ist auch zum Greifen nah, und zwar in Thüringen als Ortsteil von Münchenbernsdorf.

Mexiko liegt in der Niederlausitz als Wohnplatz der Stadt Forst im brandenburgischen Landkreis Spree-Neiße.

Nordpol heißt eine Ortschaft in der Gemeinde Ovelgönne in Niedersachsen.

Norwegen ist ein Ortsteil der Gemeinde Lastrup in Niedersachsen.

Philadelphia ist ein Ortsteil von Storkow im brandenburgischen Landkreis Oder-Spree.

Rom ist hierzulande nur ein Dorf in der Gemeinde Morsbach.

Russland liegt im niedersächsischen Landkreis Wittmund und ist ein Ort der Gemeinde Friedeburg, nur 2 km von Amerika entfernt.

Sibirien ist der Name eines weiteren Wohnplatzes im brandenburgischen Landkreis Spree-Neiße, der zur Stadt Welzow gehört.

Texas gibt es auch mehrfach und in Niedersachsen gleich doppelt: in Hessisch Oldendorf bei Hameln als Ortsteil und in Celle als Straße.

Und wenn Ihnen das alles nicht reicht, dann fahren Sie nach Schleswig-Holstein und schauen Sie sich einfach in der **Welt** um. Die Gemeinde streckt sich ganz wunderbar auf der Nordseehalbinsel Eiderstedt im Kreis Nordfriesland aus.

Stets gute Fahrt!

*

Abschließend eine kleine Liste skurriler deutscher Toponyme, die getreu dem Motto „nomen est omen" auf den potenziellen Besucher dieser Orte eine entweder anziehende oder abschreckende Wirkung haben könnten. Hier in alphabetischer Reihenfolge:

Bierbach (Saarland),

Bratwurst (Nordrhein-Westfalen),

Brotdorf (Saarland),

Busenhausen (Rheinland-Pfalz),

Deppendorf (Nordrhein-Westfalen),

Drogen (Thüringen),

Ekel (Niedersachsen),

Elend (Sachsen-Anhalt),

Faulebutter (Nordrhein-Westfalen),

Fegefeuer (Schleswig-Holstein),

Fickingen (Hessen),

Fickmühlen (Niedersachsen),

Geilenkirchen (Nordrhein-Westfalen),

Himmelpfort (Brandenburg),

Hölle (Bayern),

Hurendeich (Nordrhein-Westfalen),

Irrhausen (Rheinland-Pfalz),

Kotzfeld (Nordrhein-Westfalen),

Langweiler (Rheinland-Pfalz),

Lederhose (Thüringen),

Linsengericht (Hessen),

Luschendorf (Schleswig-Holstein),

Meinkot (Niedersachsen),

Oberhäslich (Sachsen),

Oberkaka (Sachsen-Anhalt),

Paradies (Bremen),

Petting (Bayern),

Pissen (Sachsen-Anhalt),

Poppendorf (Mecklenburg-Vorpommern),

Poppenhausen (Hessen),

Poritz (Sachsen-Anhalt),

Prügel (Franken),

Pups (Bayern),

Sargleben (Brandenburg),

Schabernack (Mecklenburg-Vorpommern),

Schlecht (Bayern),

Schwachhausen (Bremen),

Sexau (Baden-Württemberg),

Sommerloch (Rheinland-Pfalz),

Sorge (Sachsen-Anhalt),

Tittenkofen (Bayern),

Tuntenhausen (Bayern),

Ursulapoppenricht (Bayern),

Wixhausen (Hessen),

Zorn (Hessen).

Aber lassen Sie uns nicht auseinandergehen im Zorn. Um einen berühmten deutschen Dichter der Neuzeit zu zitieren:

„Piep, piep, piep. Ich hab' euch alle lieb!"
Guildo Horn

Danke fürs Lesen.

Kapitelverzeichnis

Einleitung	7
Auf Deutsch ist Verlass!	11
Was dem Linken recht ist ...	14
Sie können mich mal ...	21
Mensch Meier	27
Herr und Frau Schmidt	31
Von Meckern, Mosern und Motzen	38
Deutsch ist multikulturell	43
Von deutschem Humor und Charakter	52
GmbH	61
Aphohrismen	73
Russen sind alle Kroaten	78
Zwei Personen in einem Fahrkorb	85
Zugabe	93